Helpu Glain y Gath

Rhiannon Wyn Salisbury

ac

Elin Vaughan Crowley

Diolch i Nain a Taid
Ty'n y Pwll, Dinas Mawddwy

Cyfres Celt y Ci – Rhif 3

Argraffiad cyntaf: 2023

Dyluniwyd gan Richard Huw Pritchard

Dymuna'r cyhoeddwyr gydnabod cymorth ariannol
Adran Addysg Llywodraeth Cymru

Cynllun y clawr: Richard Huw Pritchard

Rhif Llyfr Rhyngwladol: 978 1 80099 458 4

Cyhoeddwyd ac argraffwyd yng Nghymru gan
Y Lolfa Cyf., Talybont, Ceredigion SY24 5HE
gwefan: www.ylolfa.com
e-bost: ylolfa@ylolfa.com
ffôn: 01970 832 304

milfeddyg

milfeddyg Fferm y Ffridd

Mae Glain y gath yn mynd at y milfeddyg.

Mae Glain y gath yn sâl.

helpu

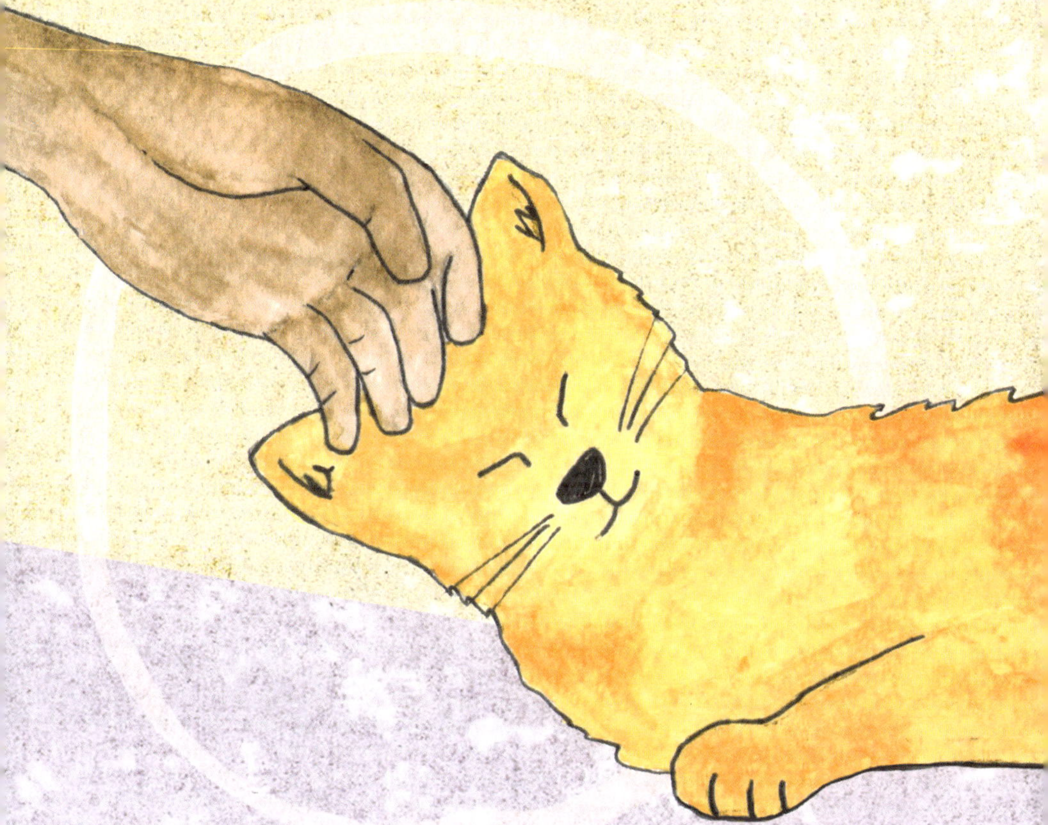

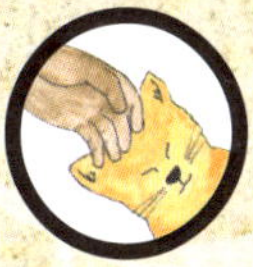

Druan â Glain y gath!
Mae'r milfeddyg yn
helpu Glain y gath.

Mae Glain y gath yn y fan.

canu grwndi

prrr prrr

Mae Glain y gath yn canu grwndi yn y fan.

codi llaw

Hwyl fawr, Guto.
Mae Iori y ffermwr
yn codi llaw.

Mae Guto ar glos Fferm y Ffridd.
Mae Guto yn codi llaw.
Hwyl fawr, Dad.

milfeddygfa

Dyma filfeddyg Fferm y Ffridd.

mwytho

Mae hi'n mwytho Glain y gath.
Mae Glain y gath yn hapus.

14

llygaid

Mae hi'n edrych ar lygaid Glain y gath.

15

siarad

amser hir

Mae hi'n siarad gyda Iori y ffermwr.
Mae hi'n siarad am amser hir.

heno

Mae Glain y gath yn cysgu yn y filfeddygfa heno.

Mae Iori y ffermwr yn
y fan heb Glain y gath.

Ble mae Glain y gath?
Ble mae Glain y gath?

Mae Iori y ffermwr
yn mwytho Celt y ci.

adre

Mae Iori y ffermwr a Celt
y ci adre yn Fferm y Ffridd.

agor

Mae Iori y ffermwr
yn agor y fan.

neidio

Mae Celt y ci yn neidio o'r fan.

Mae'n dawel yn Fferm y Ffridd.
Mae Celt y ci yn drist.

24

Mae Guto yn drist.

Mae Guto yn mwytho Celt y ci.

Mae Celt y ci yn hapus.

iâr

Mae Guto yn mwytho Ifana yr iâr.

Mae Glain y gath adre
yn Fferm y Ffridd. Hwrê!

Geiriau allweddol

Tudalen

3.	milfeddyg
4.	Fferm y Ffridd
5.	mynd
6.	yn sâl
7.	druan â, mae'r, helpu
8.	fan
9.	canu grwndi
10.	Hwyl fawr, Guto, Iori y ffermwr, codi llaw
11.	clos, Dad
12.	milfeddygfa
13.	dyma
14.	mae hi'n, mwytho
15.	edrych ar, llygaid
16.	siarad, amser hir
17.	cysgu, heno
18.	heb
19.	ble
20.	-
21.	adre
22.	agor
23.	neidio
24.	yn dawel, yn drist
25.	hapus
26.	Ifana yr iâr
27.	hwrê

Cyfieithiad Saesneg
English translation

Tudalen
Page

3. vet

4. Fferm y Ffridd's vet

5. Glain the cat is going to the vet.

6. Glain the cat is ill.

7. Poor Glain the cat!
    The vet helps Glain the cat.

8. Glain the cat is in the van.

9. Glain the cat purrs in the van.

10. Bye, Guto.
    Iori the farmer waves.

11. Guto is on Fferm y Ffridd's farmyard.
    Guto waves. Bye, Dad!

12. the vet's surgery

13. This is Fferm y Ffridd's vet.

14. She caresses Glain the cat.
    Glain the cat is happy.

15. She looks at Glain the cat's eyes.

16. She talks to Iori the farmer.
    She talks for a long time.

17. Glain the cat sleeps at the vet's surgery tonight.

18. Iori the farmer is in the van without Glain the cat.

19. Where is Glain the cat? Where is Glain the cat?

20. Iori the farmer caresses Celt the dog.

21. Iori the farmer and Celt the dog are home in Fferm y Ffridd.

22. Iori the farmer opens the van.

23. Celt the dog jumps from the van.

24. It is quiet in Fferm y Ffridd.
    Celt the dog is sad.

25. Guto is sad.
    Guto caresses Celt the dog. Celt the dog is happy.

26. Guto caresses Ifana the hen.

27. Glain the cat is home in Fferm y Ffridd. Hurrah!